GW01288458

Dacia Maraini

Un clandestino a bordo

Rizzoli

ISBN 88-17-84465-9

Prima edizione: marzo 1996

Un clandestino a bordo

Lettera sull'aborto

*Caro Enzo,**

non ti nascondo che in questo momento Joseph Conrad e le sue navi hanno preso possesso della mia immaginazione e trovo poco spazio per pensare ad uno scritto sull'aborto, come mi hai chiesto.

Sono mesi che rimando questo progetto di un saggio introduttivo alla mia traduzione del breve romanzo (o racconto lungo) di Conrad che si chiama *The secret sharer* e che uscirà da Rizzoli in primavera.

Ieri notte, dopo avere spento la luce perché ho deciso che «dovevo pur dormire», ho pensato a lungo alla scelta che abbiamo fatto di abbinare la pa-

* Il testo, indirizzato a Enzo Siciliano, è apparso su «Nuovi Argomenti», gennaio-marzo 1996, Giunti, Firenze.

rola «paternità» alla parola «aborto». Erano le tre e avevo gli occhi spalancati nel buio. Il sonno, come succede delle volte, era andato a rintanarsi da qualche parte, lontano, chissà dove, come fa il mio gatto che di notte esce a caccia e non riesco a farlo rientrare. Salvo poi sentirlo miagolare dietro la porta verso le quattro di mattina.

Non ti nascondo che la parola «paternità» mi è sembrata più allettante di «aborto». Ho già scritto tanto sull'aborto, in forma di articoli, di cronache, di osservazioni storiche, di costume. Cosa potrei dire ancora?

Ho cercato di portare alla mente qualche immagine. Subito mi sono vista in convalescenza, nel giardino di mia suocera sul lago di Garda, dopo aver perso un figlio al settimo mese. Ero pallida, gonfia e svuotata. Avevo avuto la tentazione di andarmene col bambino non nato che si aggrappava cocciutamente a me senza volermi lasciare, anche se era già morto, come giudiziosamente asserivano i dottori.

Quindi l'aborto può essere attivo e passivo. Si può volere la liberazione del proprio ventre da un intruso e si può volere che l'intruso rimanga, disperatamente rimanga con noi.

E a quel punto, improvvisamente ho scoperto che stavo pensando al bambino non nato come al clandestino della nave di Conrad che viene accolto dal capitano nel suo battello.

Non ci viene detto come si chiami questo battello, né come si chiami il suo capitano. Ci viene detto che si tratta di un bel battello dalle vele bianche, lo scafo profondo e bruno.

In una notte quieta e pacifica un giovane capitano in pigiama si trova sul ponte della sua nave. Il mare è in bonaccia, il cielo è nero, seminato di stelle; e il capitano, preso da un improvviso desiderio di restare solo, impartisce un ordine che è contrario a tutte le tradizioni marinare: manda i suoi uomini a dormire dicendo che starà lui al timone.

È come se aspettasse qualcosa, un evento straordinario. Ma cosa? Il capitano non lo sa, e si affida con i sensi distesi alla tenerezza misteriosa della notte.

Non è così che si sente una donna quando il suo corpo è quieto, pronto ad accogliere lo straordinario ospite che le cambierà la vita? Nella notte della mia insonnia mi sono salite a galla nella memoria alcune immagini di Annunciazione. Una giovane donna dal capo coperto, il manto azzurro che fa le pieghe attorno alle ginocchia, un libro di preghiere, una mano alzata. Accanto a lei un angelo elegante, dalle ali blu e rosse, l'occhio di Dio in un angolo, delle colombe sugli archi della veranda. Si tratta di un quadro di Carpaccio che mi è sempre piaciuto per quel tanto di casto e leggero, di profano e delicato che esprime. Poca religiosità si direbbe, ma un sentimento dolce e misterioso della maternità; il sentimento dell'attesa felice.

Intanto, sulla nave di Conrad il grande silenzio dell'attesa viene rotto da un leggero fruscio di acque smosse. Il capitano si sporge sul parapetto e scopre qualcosa che si muove nell'acqua: qualcosa di guizzante e luminoso: un pesce? Guardando meglio scoprirà che si tratta di un corpo umano: un corpo nudo ed esposto, che emana strani bagliori verdastri quasi fosse un essere marino venuto su dalle profondità delle acque.

Una sensazione molto simile la provano le donne quando vengono a sapere che un corpo diverso dal loro si sta formando nel liquido nutriente del loro ventre. Si affacciano sul bordo della nave cercando di capire com'è fatto l'intruso, sono curiose e si chiedono chi sia quell'ospite che viene a interrompere l'armonia dell'attesa, quella perfetta comunione con le cose intorno.

L'uomo nudo nell'acqua marina alza la testa e chiede al capitano se sa l'ora. Per la sorpresa di quell'incontro inaspettato il sigaro che stava fra le labbra del capitano cade in mezzo alle onde con un piccolo tonfo e uno sfrigolio di brace che si spegne. «Il capitano dov'è?», gli chiede il naufrago, «Il capitano sono io», risponde lui. E si guardano stupiti l'uno dell'altro. Poco dopo il naufrago si deciderà a salire sui pioli della scala di corda che porta al ponte. Così il capitano si troverà davanti un giovane uomo nudo che nella luce della luna gli apparirà improvvisamente molto simile a se stesso. «Era come se nella notte mi fossi trovato di fronte alla mia stessa immagine riflessa nella profondità di uno specchio scuro e immenso», scrive l'autore che parla in prima persona e fa tutt'uno col capitano.

Ecco, l'angelo ha dato l'annuncio alla giovane madre: il clandestino a bordo del suo corpo è stato rivelato. Di qualsiasi corpo si tratti, persino deforme, porterà su di sé i segni del volere divino, poiché ogni ospite è inviato da Dio anche se sceglie, nella sua misteriosa volontà, di abitare per nove mesi un luogo buio e silenzioso, immerso nell'acqua come un pesce.

Il clandestino è salito sul battello. Il capitano, per coprirlo, gli consegna un suo pigiama a righe grigie, identico a quello che indossa lui quella sera.

C'è in questo gesto già un adeguare l'altro a sé, accentuandone le somiglianze, rendendolo indistinguibile. Il clandestino è un altro, ma porta le impronte del carattere di chi lo ha salvato, e quindi è una parte di lui, una parte delicata, sconosciuta. Che verrà protetta con tenacia e tenerezza selvaggia come si proteggono e si curano le parti più fragili del proprio corpo.

Il capitano nasconde il naufrago nella sua cabina. Nessuno deve sapere che è sulla nave. Il segreto sigillerà il loro rapporto di complicità affettuosa.

La mattina li troviamo chini sullo stesso minuscolo tavolo, a consultare le carte, oppure stesi sullo stesso lettuccio, con le teste così simili, accostate, a bisbigliare fittamente. Sono l'uno la proiezione dell'altro, l'uno il doppio dell'altro.

Ma l'idea della duplicità non è meccanica. Non si tratta solo di un caso, ma di una scelta. L'altro, infatti, ha una sua storia che non è solo diversa, ma addirittura opposta a quella del capitano. Il naufrago racconterà di avere ucciso, sebbene contro voglia, sebbene nella furia di una tempesta, un suo compagno marinaio. Perciò è un assassino.

A questo punto potremmo dire che le strade del confronto si diramano veramente: cosa c'entra l'assassinio con il nuovo inquilino nel ventre di una donna?

E invece le affinità possono continuare, se stiamo al gioco delle metafore. Una donna gravida, che sa di esserlo, che ha accolto con qualche trepidazione il clandestino a bordo della sua nave-ventre-corpo, soffre di dubbi e incertezze: come si svilupperà questo corpo estraneo che porto in petto? che destino avrà? come condizionerà la mia vita? A volte la futura madre può anche avere delle tentazioni di rivolta, di rifiuto: chi è questo intruso che vuole accampare diritti sul mio ventre? chi è questo prepotente che pretende di vivere a spese delle mie energie, del mio sangue, del mio ossigeno?

Può anche accadere che desideri di ucciderlo

questo figlio, perché non sopporta la sua arroganza, le sue pretese, il suo cieco egoismo. La maternità in natura non è solo fatta di abnegazione e generosità; anche la ferocia può albergare nel cuore di una prossima madre, contro ciò che le sta sconvolgendo la vita.

Mi è venuta in mente, sempre in quel tepore del dormiveglia, la favola del figlio che uccide la madre, le strappa il cuore dal petto per rabbia e se lo mette in tasca. Poi fugge, dopo avere gettato via il coltello. Ma mentre corre, il suo piede incontra una radice e lui cade. Il cuore materno gli esce dalla tasca, rotola per terra e si sente una voce femminile che dice, «Ti sei fatto male, figlio mio?».

La generosità più sublime può accompagnarsi al più rivoltante egoismo e non è detto che la prima sia più importante del secondo nell'economia della riproduzione.

Intanto, sulla nave di Conrad il capitano si inventa l'impossibile per mantenere segreto il suo clandestino. Con lui chiacchiera di notte, a voce bassissima per non farsi sentire dai suoi marinai. Con lui stabilisce un rapporto intenso di conoscenza, di comprensione, di indulgenza, di tenerezza. Proprio come fa una madre con il proprio figlio. Il quale potrebbe anche diventare un assassino. E un poco lo è già perché ogni figlio uccide la propria madre, anche se non col coltello, nel proprio cuore, quando avrà bisogno di crescere e farsi spazio. E più la madre è amorosa, sollecita e sacrificale, più il figlio avrà la tentazione di ucciderla, con grandissimo amore.

Ma il segreto, perché? potremmo chiederci. Il segreto spesso segna l'intensità del sentimento. Per questo il rapporto più profondo e intenso che una madre instaura col proprio bambino non ancora nato rimane un segreto dei suoi sensi, anche quando la pancia si fa evidente. Il segreto resta segreto, anche dopo la nascita del figlio. Si tratta del segreto di un legame fatto di una conoscenza carnale profonda, non dicibile, che precede la ragione.

Anche nel bellissimo racconto di Conrad la familiarità fra i due sembra precedere l'incontro, sembra venire da chissà quali lontananze corporee. Il racconto si conclude con la liberazione, rischiosa, del naufrago. Il capitano porterà la nave vicino alla riva col pericolo di sfracellarla contro le rocce per evitare che il suo doppio possa affogare prima di toccare terra. E solo all'ultimo momento, prima che la nave venga stritolata dalle rocce nere di una notte nerissima, darà l'ordine tanto atteso di virare e la nave se ne andrà al largo, salva.

Sembra proprio la descrizione del parto: bisogna liberare il bambino senza distruggere la madre, l'operazione è rischiosa e non sempre riesce. Ogni donna lo sa e lo teme. Ma farà di tutto perché il figlio raggiunga terra, a costo di andare a sbattere con il suo corpo contro gli scogli dell'emorragia o della setticemia.

Ma se il capitano della nave non lo avesse voluto quel clandestino a bordo? Se, quando si è affacciato al parapetto del battello ed ha scorto il corpo lustro e nudo, lo avesse rifiutato?

Ecco che la parola aborto è diventata pesante sulla mia lingua in quel dormiveglia silenzioso. Cosa può succedere che impedisca al capitano di pescare dal mare il suo doppio? sarà la paura di riconoscersi in quel corpo nudo e bisognoso di cure? o l'orrore di vedersi replicato in un altro, come dentro «uno specchio scuro e immenso»?

Spesso le donne accampano ragioni molto più pratiche e sensate. Ricordo che facendo un documentario, ai tempi eroici delle battaglie per la legge sull'aborto, ho incontrato donne dei quartieri poveri che praticavano l'aborto in modo disperato e casalingo, introducendosi un tubicino di gomma nell'utero e poi, una volta provocata l'emorragia, andando all'ospedale a farsi fare il raschiamento. Un aborto dolorosissimo a cui ricorrevano periodicamente, appena saputo che il figlio «aveva attaccato». Molte di loro decidevano così perché avevano già tre o quattro figli e sapevano di non poterne mantenere un altro.

Alle mie domande sul perché non avessero preso precauzioni, mi rispondevano, quasi tutte, che il marito non voleva che adoperassero la pillola, che il prete glielo proibiva. Era considerato «da puttane». La libertà di decidere del proprio corpo faceva paura ai mariti, ai fidanzati, ai padri.

Eppure ho conosciuto altre donne, né povere, né accusate di puttaneria, che evitavano accuratamente di prendere precauzioni. Si calcola che in Italia le donne che usano regolarmente gli anticoncezionali siano solo il dodici per cento. E le altre?

Certo, bisogna tenere conto delle millenarie proibizioni della Chiesa che è sempre stata drasticamente contraria ad ogni forma di contraccezione. Ma possibile che l'insegnamento della Chiesa, tenuto in così poco conto per quanto riguarda la sessualità in generale, possa essere tanto determinante nella scelta della contraccezione?

A volte mi sono chiesta se rimanere incinta non sia per una donna un modo per provare a se stessa di essere dotata di un potere forte, il solo di cui siano state storicamente dotate le donne: si tratta di un potere che ha perso la sua vera essenza, ma che rimane nell'ombra come il mito di una forza recondita e vitale.

La maternità, nella cultura dei padri, è stata trasformata in un evento di estrema passività per le donne. Nel dormiveglia mi viene in mente un altro quadro: una maternità di Cosmé Tura: una donna grassoccia e il suo bambino bitorzoluto. Ma che grazia e che eleganza in quegli sguardi pieni di sensualità familiare! Lì, come in quasi tutte le maternità che conosciamo, vengono decantati il silenzio, l'accettazione, la ricettività, l'obbedienza, la rassegnazione materna. Le madri sono quasi sempre sole e non si esclude che alcuni di quei figli siano figli di uno stupro consumato fra le pareti domestiche o nel letto matrimoniale.

Di quante immagini di maternità è dotata la nostra memoria figurativa, quante madri bambine dal volto severo e gentile, quanti bambini cicciuti, pensierosi, pesanti e dolci. Siamo tanto saturi di immagini che non riusciamo più a separare la maternità dalla estrema giovinezza e dalla estrema passività femminile. Una madre cinquantenne ci fa orrore. Ma non, come si suol dire, perché prevediamo che il bambino rimarrà presto orfano e ci preoccupiamo per lui. Questa è pura ipocrisia. È l'immagine della madre con le rughe che ci ripugna, ma esteticamente, non moralmente. La prova sta nel fatto che di tanti bambini figli di uomini settantenni nessuno si preoccupa, anzi vengono visti con ammirazione e tenerezza, tale è l'abitudine storica all'accettazione della differenza.

Quindi la maternità tradizionalmente accettata è quella legata al corpo giovanissimo di una madre ignara e sorpresa, silenziosa e arresa al volere altrui. Questa è l'idea di madre che ci viene riproposta, anche distrattamente, anche sciattamente, da tutti i quadri, le fotografie, le statue che ci troviamo intorno da quando impariamo a guardarci intorno.

È curioso, caro Enzo, come vedi, che non riesca a parlare dell'aborto ma continui a girare intorno alle immagini della maternità. Sarà perché per me l'aborto è stato soprattutto un esproprio, qualcosa di non voluto e non aspettato che ha spezzato in me una attesa felice, che non si è mai conclusa con un incontro, l'incontro con l'altro da me. Il clandestino a bordo della mia nave è scomparso prematuramente nel buio della notte senza lasciare una traccia, un nome, un ricordo.

Oppure sarà perché in realtà non si può parlare di aborto senza parlare di maternità. Sono legati l'uno all'altra come due gemelli siamesi: l'uno la faccia al sole, l'altra la faccia all'ombra dello stesso astro rotolante nell'universo femminile.

Mi sono chiesta tante volte se in un mondo costruito a misura di donna l'aborto esisterebbe affatto. Probabilmente no, perché l'aborto, sconosciuto fra gli animali, è un prodotto storico, la conseguenza dell'appropriazione da parte dei padri, della capacità di riprodursi, codificata attraverso la costruzione di miti, di norme etiche, di abitudini mentali.

L'infanticidio esiste in natura, questo sì. I gatti, i cani, e molti altri mammiferi, uccidono i loro piccoli quando sanno di non poterli nutrire. Ma gli animali non conoscono i metodi anticoncezionali; gli esseri umani, sì. Anche se spesso, troppo spesso, non li usano. Perché?

Qui entriamo nella dolorosa questione dei rapporti che le donne hanno sempre intrattenuto con chi si è inventato controllore e guida del loro corpo, delle loro teste. Ho visto, nel mio dormiveglia, una sfilata in puro stile felliniano, di uomini di Chiesa dal passo elegante con mitrie d'oro sul capo, anelli luccicanti alle dita, intenti a impartire lezioni di comportamento alle ragazze nelle chiese, nelle scuole. Ho visto uomini di scienza vestiti di nero, gli occhi lucenti di certezze, intenti a spiegare cosa sia una donna rispetto alla scienza e alla natura; ho visto medici dal naso lungo, le mani bianche e ossute pronte a frugare dentro corpi vivi di donna come fossero cadaveri da sezionare; ho visto gentiluomini in cappotti foderati di pelliccia intenti a insegnare la morale nelle case ombrose di ricchi commercianti; ho visto professori dalle teste chine sui libri in cui si scriveva la storia delle donne; ho visto amorosi padri di famiglia intenti a stabilire cosa fosse bene e cosa male per le loro figlie bambine.

Verrebbe da chiedersi: ma come si regolano quelle popolazioni che non conoscono le istituzioni religiose, filosofiche e morali che costituiscono l'ossatura della nostra civiltà? cosa succede in quei Paesi africani per esempio in cui gli dei sono tanti e sparsi per i boschi? cosa fanno le donne, abortiscono oppure no?

In quelle poche popolazioni africane animiste che ho avuto modo di conoscere, e che non erano molto diverse da tante altre popolazioni sparse per il continente, le donne non abortivano, ma facevano figli, tutti quelli che venivano. I figli portavano onore, portavano grazia, portavano ricchezza, portavano potenza anche alla donna. Quindi era impossibile anche solo pensare di abortire. Fra l'altro, l'aborto per loro è naturale ed endemico: una donna è abituata, durante la sua vita fertile, a perdere un figlio su due, sia prima della nascita che dopo.

La donna senza figli è vista con orrore e con biasimo, tenuta separata dalla comunità e usata come serva per le più fortunate. La capacità di concepire e partorire è così importante che una vergine non è considerata un valore per il matrimonio perché non ha ancora dato prova di sé dal punto di vista della riproduzione; mentre una madre di più figli, una volta rimasta vedova, o separata dal marito, è molto ricercata perché dà garanzie sicure di maternità ripetute.

Tutto questo, si capisce, capita presso popolazioni povere che spesso perdono la metà delle loro creature, per cui hanno bisogno di fare tanti figli per salvarne qualcuno. Il loro futuro, messo a dura prova tutti i giorni, dipende dal numero dei figli; e nessuna penserebbe di rinunciarvi.

Il desiderio di aborto comincia lì dove comincia il benessere, dove la mortalità infantile è ridotta al minimo, dove le donne sono chiamate a decidere drammaticamente fra la dimostrazione distorta del proprio fantasmatico potere riproduttivo e l'adeguamento alle regole del mercato del lavoro.

D'altronde, l'aborto fatto nelle prime settimane è certamente un progresso rispetto all'infanticidio, comune in molti Paesi poveri, di fronte alle nascite non desiderate, sia che si tratti di bambine anziché di maschi, o di storpi o di impediti.

È nondimeno curioso che proprio nei Paesi avanzati, in cui le donne avrebbero i mezzi per limitare a priori le nascite, Paesi in cui il progresso scientifico ha messo a disposizione delle donne tanti sistemi di controllo delle nascite, proprio lì l'aborto è più praticato. Dobbiamo pensare che il tabù religioso agisca come interdizione profonda nonostante l'apparente processo di emancipazione femminile?

Perché non prevenire quello che poi diventa un dolore, un rischio, una causa di depressione e sensi di colpa?

Ma qui ci troviamo di fronte al nodo della contraddizione storica e culturale, nella stretta del quale spesso le donne vengono stritolate. Da una parte il peso di un insegnamento capillare e profondo che è diventato quasi una seconda natura femminile, dall'altra un sentimento vago e incerto del potere che una volta era legato al loro corpo riproduttivo.

In qualche piega sotterranea, in qualche zona più oscura e difficile da raggiungere con la luce della ragione, un ricordo dell'antico potere solitario e trionfante forse si acquatta silenzioso.

L'aborto sembra essere il luogo maledetto dell'impotenza storica femminile. Lì dove si rappresenta la perdita ripetuta del controllo sulla riproduzione della specie. L'aborto è dolore e impotenza fatta azione. È l'autoconsacrazione di una sconfitta. Una sconfitta storica bruciante e terribile che si esprime in un gesto brutale contro se stesse e il figlio che si è concepito.

L'aborto è un segnale di malessere e di guerra con se stesse per le donne che lo praticano. Un segnale di guasto nel delicato rapporto che lega una madre ad un figlio. L'aborto è la divinizzazione del nulla dopo avere praticato l'imitazione fasulla di un potere perduto nel difficile cammino femminile in un mondo maschile che nega alle donne autonomia e rispetto.

Nell'inimicizia di sé che accompagna la sorte delle donne, l'aborto sembra il bisticcio ineluttabile di una contraddizione senza scampo. Le donne, più sono bistrattate, disprezzate, tenute ai margini e più sentono il bisogno di provare, in modo tortuoso, disperatamente masochistico e rischioso, quel potere che la storia dei padri ha cancellato dalla loro vita.

Una cosa che mi ha colpita leggendo le cronache del fascismo, rifacendo le bucce alla storia italiana del ventennio, è stata la risposta delle donne alla politica demografica mussoliniana. Nessuno ne ha parlato, nessuno lo sa: ma alla politica demografica voluta personalmente da Mussolini, e che si è espressa con l'emanazione ripetuta di leggi straordinarie, tabù, condanne pubbliche, reprimende e premi, le donne hanno risposto: picche! Nonostante la grande spesa, il magnifico sforzo per diffondere capillarmente una politica demografica che avesse effetto su tutta la nazione, il risultato è stato nullo. Le donne, pur amando il duce, pur vagheggiandolo come possibile meraviglioso amante, hanno detto no alla riproduzione forzata e cieca. Le statistiche ci dicono che durante il fascismo la curva di natalità non ha fatto che scendere, contraddicendo tutte le ottimistiche previsioni del duce. Il che sta a significare che le donne praticano una loro forma sotterranea di resistenza che non è facile da vincere.

L'aborto, sotto il fascismo, è stata un'arma segreta, naturalmente a doppio taglio, con cui le donne si sono difese dall'intervento dello Stato sul loro ventre. Ma l'aborto, come quello filmato da me nei quartieri disperati della cintura romana, l'aborto che le donne si praticavano da sole, con dolori atroci e rischi gravi può essere considerato una strategia vincente seppure di resistenza? È come se vedessimo un soldato che va alla guerra tenendo in mano una spada affilata anche sull'elsa che perfora la mano di chi la impugna. Con questa arma disperata e autolesiva le donne hanno, in modo distorto, infelice e pericoloso, resistito al volere altrui.

La prevenzione, d'altronde, è una conquista difficile che presuppone consapevolezza e maturità. Chi non ha questa consapevolezza si lascia tentare dalla straziante «prova» della gravidanza. Per goderne in segreto come di una forza selvaggia che sprigiona dal proprio corpo e di cui ci si sente padroni: per poi intervenire subito dopo drasticamente a cancellare il frutto di questa prova.

È una contraddizione brutale che rivela, se ce ne fosse ancora bisogno, la difficile storia del corpo femminile stretto fra tabù e restrizioni, richieste continue di abnegazioni, sacrifici e nello stesso tempo spinto all'emancipazione.

Nel dormiveglia del mio letto estivo, fra stracci di sogni che stentano a prendere forma, ho visto improvvisamente l'immagine della mia cagnolina bianca e nera che partoriva, senza dolore, con un cieco e dolce abbandono, i sei cuccioli che appena nati venivano da lei puliti con la lingua, amorosamente e pazientemente, per ore.

Avevo preparato in terrazza, dentro lo stanzino delle scope sgombrato per l'occasione, una cuccia molto comoda fatta di teli larghi e cuscini lavabili. Ma alla giovane mamma non piaceva quella cuccia: era troppo lontana dalla mia camera da letto dove era solita dormire, sotto il tavolo che mi fa da comodino e da libreria.

Ci sono sempre una trentina di libri in bilico sul ripiano di legno, e lei ama dormire sotto questo tavolo coperto di carta, fra le quattro colonnine che chiudono lo spazio come una veranda fresca e appartata.

Avendo io portato i sei cuccioli uggiolanti sul giaciglio in terrazza, ho visto la madre andare con passo delicato e sicuro verso di loro, prenderli ad uno ad uno con la bocca e portarseli sotto il mio comodino. Ho provato a rimetterli al loro posto cercando di spiegarle che sul terrazzo sarebbe stata meglio, più fresca e comoda. Ma lei, dopo avere scodinzolato dolcemente come per dirmi che aveva capito, che apprezzava i miei sforzi per prepararle una bella cuccia per lei e i suoi figli, li ha ripresi in bocca, uno per uno, e ha fatto in senso inverso per sei volte il tragitto che separa la terrazza dalla mia camera da letto.

A questo punto mi sono rassegnata e per quasi due mesi ho dovuto dormire con i cuccioli urlanti sotto il naso mentre la mamma, beata, cercava di distribuire il suo latte a tutti e sei i figli senza fare ingiustizie.

Mi chiedevo disperata come avrei fatto per sistemare quei cuccioli che correvano ormai per tutta la casa pisciando e cacando dappertutto. Ho trovato per fortuna delle persone gentili che si sono prese un cane a testa, ma è stata una fatica che non potrò compiere un'altra volta. Così ho deciso di farla sterilizzare. Quel proliferare di cagnolini che nessuno vuole e che io mi rifiuto di uccidere o di abbandonare, mi metteva nel panico.

L'ho portata dal medico che le ha legato le tube. Ma riaccompagnandola a casa, febbricitante, con i cerotti sulla pancia, ho provato rimorso. Non era il mio un comportamento di impazienza crudele? Visto che la prevenzione con i cani non è possibile, l'ho fatta castrare. Adeguandomi così alla mentalità umana dell'intervento drastico, decisivo. La nostra capacità di razionalizzare l'irrazionale non è il sintomo di una stupida volontà di onnipotenza?

Ma cosa c'entra tutto questo, mi dirai, caro Enzo, cosa c'entra con quello di cui stavamo discutendo a proposito dell'aborto? Eppure, ti dico, c'entra, perché quello che io ho fatto con la mia cagnolina è stato fatto e si fa con migliaia di donne in India e in America Latina.

Tutti troviamo bello il parto annunciato, voluto; troviamo giusta l'idea della sacralità del figlio. Ma la proliferazione selvaggia è altrettanto pericolosa per la specie della sterilità, naturale o indotta che sia. Ciascuno tira la coperta dalla sua parte: in Italia si cerca di incoraggiare le donne a partorire più figli paventando una spopolazione del nostro Paese, in Cina si costringono le donne a prendere gli anticoncezionali per non sovrappopolare il Paese. Ma chi deve intervenire per stabilire la modalità della riproduzione?

Le Chiese, gli Stati, i poteri costituiti hanno sempre reclamato a sé la regolamentazione del corpo sessuato: come e quando accoppiarsi, come e quando figliare. Il controllo della riproduzione è la più antica preoccupazione di ogni legislatore.

Io ho agito con arroganza sulla mia cagnolina, decidendo della sua libertà di riproduzione. Anche se, dal punto di vista umano e cittadino, ho la ragione dalla mia e qualsiasi persona sensata direbbe che ho fatto bene. Inoltre, è probabile che il rapporto complicato, di affetto e di protezione che si stabilisce col proprio cane, comporti anche la presa di responsabilità sul suo potere riproduttivo. Ma comunque certamente ho anteposto il mio interesse al suo.

Eppure, mi dico, mentre il sonno si fa strada nella mia mente affaticata mettendo a tacere quel chiacchiericcio mentale che Blanchot chiama «bocca d'ombra»: così come io considero naturale che il mio interesse prevarichi su quello del cane, non è stato considerato naturale per secoli che l'interesse della comunità dei padri prevaricasse gli interessi delle figlie?

Forse sono già scivolata con un occhio nel sonno vero e proprio. Anche se l'altro è rimasto aperto e ha voglia ancora di curiosare. Con questo occhio un poco appannato vedo un uomo dolcissimo dalle grandi ali sul dorso. Lo riconosco, è mio padre; ma da quando è diventato un angelo? Sento che nel sonno ridacchio. Ho riconosciuto la grande maschera del mio amato genitore. Che pure se ne infischia delle questioni della riproduzione. Il suo cruccio si è espresso anni fa quando ha capito che non riusciva a cavare dalla pancia di sua moglie un figlio maschio. Ma ora credo che si sia acquietato.

Con che delizioso sussiego un padre si prende a prototipo universale della dignità umana, modello e imitazione del corpo di Dio! Eppure la metamorfosi non è avvenuta con tanta facilità: il passaggio, dicevo, dalla cultura delle madri a quella dei padri. Ci sono voluti secoli, forse millenni di bisticci e tirannie, astuzie e inganni, c'è voluto Eschilo che, avendo attraversato la conoscenza dei misteri Eleusini, ci ha raccontato la più crudele delle storie di famiglia. Ci ha raccontato che Oreste, perseguitato dalle Furie per avere ucciso la madre, considerato imperdonabile sacrilegio nelle società antiche, ha chiesto il giudizio del tribunale degli dei. Un tribunale tutto di dei, fra cui l'unica donna era Atena, che essendo nata dalla testa di Zeus, non conosceva il ventre materno. L'argomento di difesa che Apollo userà di fronte al tribunale è dei più nuovi e mai sentiti: Oreste non è da condannare, dice il giovane dio, perché non ha colpito il sacro principio della vita, ma ha solo infranto un vaso che conteneva il seme maschile.

La madre quindi non è più all'origine della vita, ma è solo un contenitore di vita altrui. È il padre che concepisce, che dà il soffio dell'energia vitale. La madre non farà che custodire e nutrire il figlio per conto terzi, fino alla nascita. D'altronde la Bibbia non racconta qualcosa di simile? non stabilisce che è la donna che nasce dal corpo dell'uomo e non viceversa?

Le Furie, creature della notte, abituate a venerare e difendere il potere materno, piansero quella notte una sconfitta che si è protratta nei millenni come una maledizione sulla testa delle donne. Era stata annullata, per bocca di nuove e democratiche divinità, la sacralità della madre. Era stato stabilito che il corpo materno era fatto della stessa materia di cui sono fatti i piatti in cucina, e gli orci nella dispensa. Ma che non piangessero tanto le Furie, avrebbero portato disgrazia: per il «bene comune» ritrovassero il sorriso e, soprattutto, cambiassero nome. Così le Furie sono diventate le Eumenidi, benedicenti mestamente i nuovi diritti dei padri.

Come pensare che tutto questo non abbia pesato sulle legislazioni, sui codici, sui costumi, sulle filosofie, sulle morali che si sono susseguite nella storia? Non abbiamo imparato tutte, da bambine, che siamo prima di tutto figlie dei padri?

Il mio occhio ancora desto si sofferma su una tenera immagine letteraria: una donna già adulta, tutta vestita di bianco, seduta sulle ginocchia del padre anziano che le stringe le mani, gliele bacia dolcissimamente.

Ti ricordi, caro Enzo, della marchesa von O.? Avevo letto il breve romanzo di Kleist anni fa trovandolo bello, ma niente di più. L'ho riletto con occhi più maturi e attenti; ho scoperto un apologo travolgente sul rapporto padre-figlia. Quello che salta fuori come essenziale dal racconto non è la connessione, pur commovente e coraggiosa, fra violenza e amore, non è neanche lo scontro fra passioni e doveri. Il carattere coraggioso della giovane marchesa che cerca il padre del bambino concepito nello stupro è sì in primo piano, ma ciò che veramente si rivela come fulcro del racconto è il rapporto, che oggi chiameremmo incestuoso, fra il padre tirannico e la figlia integerrima.

Il marchese non tollera che la figlia mantenga un segreto «materno». Il fatto è che la giovane donna non conosce l'origine del clandestino a bordo della sua nave. Non sa chi sia stato a violentarla e a lasciarla incinta. Ma il signor marchese non le crede, perché la fiducia nei riguardi della figlia è inficiata dalla gelosia, una gelosia paterna cieca e intollerante quanto disperata ed egoista.

A tal punto egoista che quando saprà della maternità della figlia, la caccerà brutalmente di casa con il bambino in braccio. Poi, dopo molte peripezie si scoprirà che l'uomo che ha violentato la marchesina è anche colui che l'ha salvata dalla furia dei soldati nemici. Come conciliare la gratitudine con la ripugnanza e il rancore? Il salvatore si guarderà bene dal confessare la sua doppia identità e cercherà di farsi amare nel suo aspetto migliore. In puro stile militaresco cercherà di pagare il suo debito, e così cancellare il «suo disonore» sposando la donna che ha salvata e violentata.

Infine, la verità verrà pure fuori, ma ormai il male è stato ripagato con l'unico rimedio possibile: il matrimonio. E il signor marchese è pronto a perdonare la figlia.

A questo punto Kleist ci mostra una scena a dir poco sbalorditiva: il padre si chiude in camera con la figlia, la fa accomodare sulle sue ginocchia, pretendendo che la madre resti fuori della porta, e prende a carezzarla lascivamente, alternando gli abbracci ai baci sulla bocca.

Naturalmente Kleist finge di non capire l'ambiguità della scena, rimanendo dietro la porta, con il lettore e la madre che spia dal buco della serratura. Non c'è da scandalizzarsi, ci dice pacifico, anche se noi stiamo assistendo alle tenerezze decisamente impudiche di un padre verso la figlia, siamo nella norma dell'intimità familiare, e tutti ne sono consapevoli e contenti. Ristabilita la gerarchia degli affetti, delle volontà, la figlia ritrova tutta la gelosa e tirannica protezione del padre. Fra le righe si legge che una donna, a quel tempo, non poteva sfuggire né alle sensualità né alle ire di un padre eccessivamente compreso della sua parte di protettore, guida o controllore.

Perciò la marchesa von O. accetta le effusioni del padre senza recriminare per essere stata mandata fuori, al freddo, con un bambino piccolo. Sa che per una donna saper perdonare fa parte della tecnica di sopravvivenza ed è saggio adeguarvisi.

A questo punto credo di essere passata con dolcezza nel sonno, perché il mio pensiero si è sfaldato, acquietato, ha preso l'andare di un'acqua tranquilla e dondolante.

In queste acque dolci e scure ho visto galleggiare un piccolo guizzante corpo bianco dai bagliori luminosi. Ho pensato che era il mio bambino perduto, morto prima di nascere. Il medico, alle mie insistenze, mi aveva detto poi che era un maschio e che aveva i piedi grandi. Chissà quante strade avrebbe percorso con quei due piedi lunghi, il mio figlio perduto anzitempo.

Ecco, caro Enzo, le mie un poco sfilacciate, un poco confuse riflessioni notturne sull'aborto. Non so che cosa ne potrà ricavare il lettore. Proviamo ad invitarlo a mettere il naso nella nostra rivista e vediamo che ne pensa.

Corpo a corpo

La parola corpo

Perché la parola «corpo» pesa tanto sulla lingua delle donne? perché ha un peso specifico così grave? perché in questo peso riconosciamo il luogo mitologico di ogni possibile contraddizione: gloria e mutilazione, potere e perdita, lusinga e lacerazione?

Eppure la parola «corpo» conserva intatta la sua bellezza nonostante il grande uso che se ne fa. Non si è trasformata, come altre parole anche meno carnali, in un suono manierato e volgare, ma mantiene una sua eleganza e una sua nobiltà che forse sono dovute alla ruvida consistenza del suono. Quella K che in italiano si è persa, ma si può trovare ancora nel tedesco (*Körper*), rimane come un'anima rigida dentro una parola che conserva l'eco di una arcaica pietrosità.

Ma l'origine della parola «corpo» è solo latina?

sta tutta in quel *corpus* di cui si parla quando si elencano leggi, serie di studi o di preghiere? E i latini dove l'hanno presa a loro volta la parola *corpus*?

A sentire i filologi ci sono delle incertezze sulle più lontane radici della parola. C'è chi crede di individuarne l'origine nella parola indogermanica *Kar*, che significa «fare», e chi crede invece che la matrice sia la parola sanscrita *Karp* che vuol dire bellezza. Ma forse tutto deriva, secondo altri, dalla parola greca *kra-ino* che sta per «creare, fabbricare».

Mi piace pensare che indogermanici e greci abbiano dato questa impronta al *corpus*: una parola in azione, una parola che esprime la capacità di costruire l'altro da sé, quindi una parola materna, creativa.

Ma forse in queste due interpretazioni della parola «corpo» sta tutta la questione: da una parte si intende il corpo come un oggetto da guardare e da possedere e quindi si esalta la sua qualità passiva, evocatrice di desiderio; dall'altro si mette in rilievo la sua qualità attiva, di creatura che desidera e agisce di conseguenza.

La grande elaborazione storica, religiosa e filosofica è consistita nel dividere i due compiti, quello femminile che sta nel proporsi come corpo desiderabile e quindi incorruttibile e idealmente perfetto e quello maschile che sta nel proporsi come corpo desiderante e quindi in divenire, pronto all'azione e alla trasformazione.

Il corpo femminile però si trova molto stretto nel mito della bellezza statica che gli è stato cucito addosso e che l'accompagna come una maledizione lodata mille volte. Sta stretto anche in quell'ideale di attesa e passività che costituisce storicamente l'essenza della femminilità.

Io so, come donna, che la parola «corpo» mi è molto vicina, quasi amica, e nello stesso tempo so che può essermi nemica, infida e inquietante, pericolosa.

Io so, come tante altre donne, che non mi sono mai sentita del tutto a mio agio nel mio corpo, nemmeno nei momenti della sua maggiore freschezza e avvenenza: le gambe non abbastanza lunghe, le caviglie troppo sottili, le braccia poco slanciate, la pelle troppo bianca, le lentiggini troppo numerose, eccetera.

Mi viene in mente la storia dei «solchi» di cui parla Ornella Vanoni in uno spettacolo che ho aiutato a scrivere: il solco che lascia la spallina per fare sporgere il petto e renderlo più visibile, il solco del reggicalze che serve per mostrare due gambe sempre lisce, color ambra; i solchi degli stringivita, degli elastici, dei collant, delle cinture, delle scarpine col tacco alto, eccetera. Sono segni delle coercizioni alla bellezza che, guarda caso, assomigliano ai segni che le mistiche si portavano addosso, di cilici, bende, stringhe e nodi sacrificali.

È difficile trovare una donna che sia contenta

del proprio corpo. Per quanto riconosciuta come «bella» avrà da ridire su particolari insignificanti e visibili solo al suo occhio ipercritico. È con questa intolleranza che statuarie attrici del cinema si fanno tagliare, ricucire, sfinare le varie parti del corpo, anche quando sono giovani e francamente non ne avrebbero bisogno. Anzi, si direbbe che più sono belle le donne e meno sono contente di sé, preoccupate di deludere, di non «essere all'altezza» delle aspettative altrui.

Ricordo un racconto che fece Claudia Cardinale al suo ritorno dagli Stati Uniti tanti anni fa, quando fu chiamata per girare dei film a Hollywood. Accolta con tanti fiori, tanti sorrisi, fu portata in uno studio cinematografico, dove, sotto dei potenti riflettori, fu esaminata minuziosamente dai tecnici del cinema. Infine le dissero che se voleva lavorare lì doveva farsi cavare tutti i denti per rimetterli nuovi, doveva farsi stirare il collo, farsi rifare le orecchie, farsi tingere i capelli, farsi rimodellare le ginocchia e non so che altra diavoleria. Giustamente Claudia li mandò al diavolo.

È di ieri la notizia che due bellissime e giovani attrici televisive si sono accapigliate in pubblico rinfacciandosi l'una l'altra di essersi «tutte rifatte, seni, gambe, bocca».

«Specchio, specchio delle mie brame» chiedeva ansiosa la bellissima regina matrigna di Biancaneve, «chi è la più bella del reame?» «Sei tu, mia regina» rispondeva lo specchio ma la regina non gli credeva e si accingeva a perseguire la sua nascente rivale, più giovane e più fresca di lei.

È l'idea della perfezione che tormenta, ferisce, guasta i rapporti che ogni donna ha con il proprio corpo. Una idea di bellezza che non corrisponde a nessuna realtà, legata com'è ad un concetto astratto di compiutezza e armonia assoluta, più vicina alle ombre di Platone che alla vita di tutti i giorni. Una bellezza che non attinge a niente di psicologico, non coinvolge, per tradizione, né l'intelligenza né la vitalità della donna stessa, ma la espone come una statua dell'Olimpo allo sguardo di ammirazione e di desiderio altrui.

Ma perché il corpo femminile deve essere perfetto quando tutto, dall'amore alla maternità, dal lavoro alla vita casalinga tende a deformarlo, rendendolo umanamente imperfetto?

È un nobile sogno maschile che la donna è chiamata a soddisfare ed è commovente vedere come questo sogno sia diventato universale, il più universale di tutti i sogni: l'aspirazione sincera, profonda, e mistica alla bellezza femminile.

Alle donne, con evidente contraddizione, viene richiesto da una parte, di condividere questo grande sogno universale, questo progetto di armonia; dall'altra viene loro chiesto di incarnare l'oggetto stesso di questo sogno, mantenendosi nei limiti di quel corpo che contiene in sé la struggente idea di una bellezza che non sarà mai perfetta come dovrebbe.

Nel fondo della cultura dei Padri c'è una idea punitiva del corpo filiale femminile; per rendersi degno dell'attenzione paterna dovrà infatti penare, sacrificarsi, imparando a dominare le sue voglie, i suoi istinti, tradendosi fino a trasformarsi in una figlia «ideale». E per figlia «ideale» si intende un essere femminile che ha saputo rinunciare alla sua porzione di universalità desiderante per farsi unicamente oggetto partecipe e felice del desiderio altrui.

Ma le figlie «ideali» esistono soltanto nella mente dei padri intransigenti. Le figlie «ideali» sono il prodotto di un vaneggiamento collettivo, la formulazione di un progetto di gloria da cui le donne, come corpi attivi, sono escluse. Eppure si torturano generosamente perché quel progetto si avveri in quel luogo inquietante che è il loro stesso corpo. Un corpo troppo bene conosciuto senza che mai lo si conosca veramente, perché la sua voce potrebbe ubriacare. E preferiscono non ascoltarla quella voce, preferiscono riempirsi di solchi propiziatori e sacrificali.

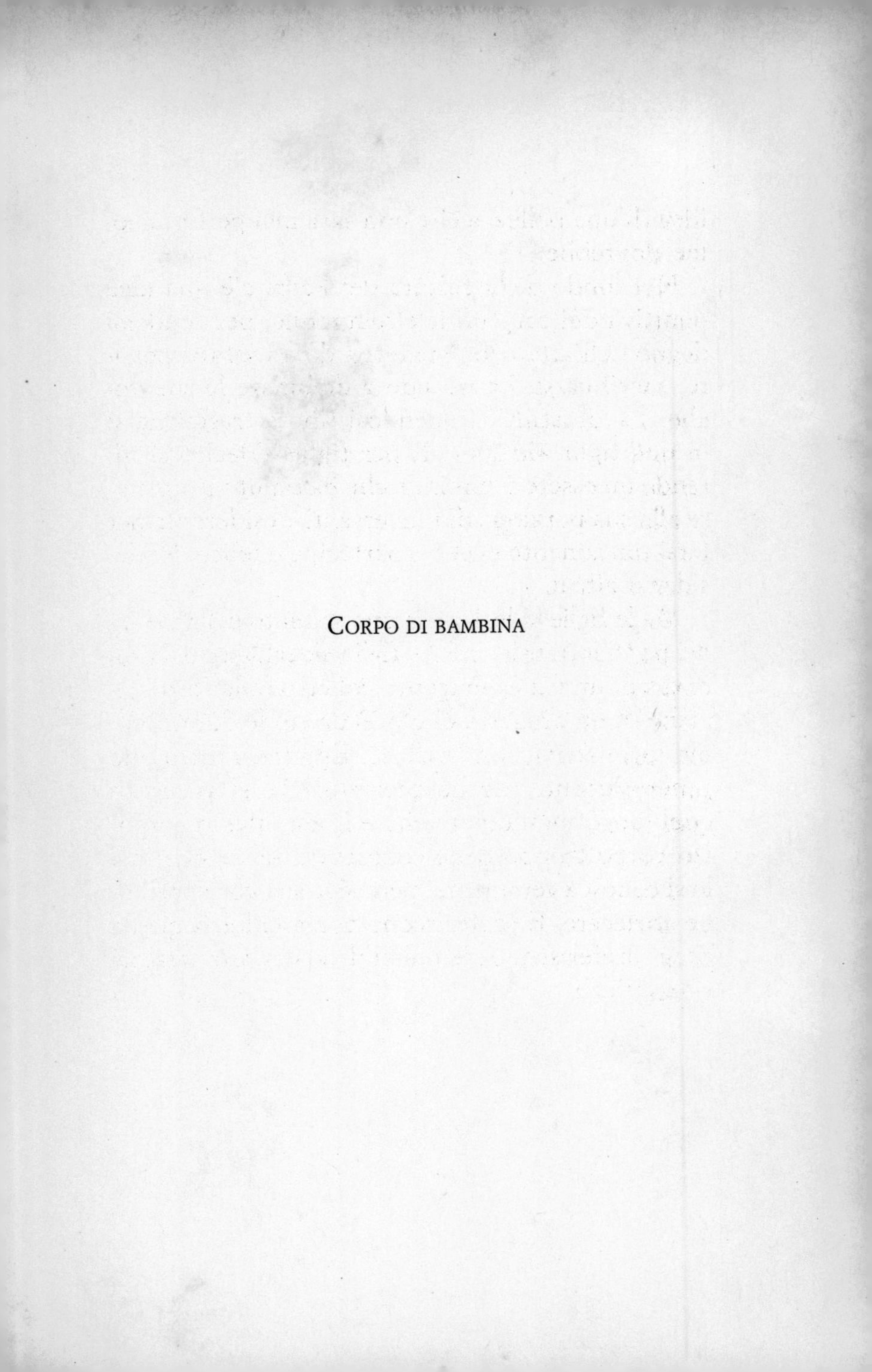

Corpo di bambina

Ricordo le molte volte che mani di ragazzi, di uomini, mani anche amiche, hanno cercato di sollevare, scoprire, carezzare, carpire qualcosa del mio piccolo corpo di bambina facendomi capire in modo più o meno esplicito che se c'era un desiderio che contava non era certo il mio. A me toccava acconsentire o rifiutare, ma tutte e due le cose dovevano avvenire per ragioni che non riguardavano la mia più profonda volontà quanto il mio adeguamento alla morale comune.

Ma le bambine sono dotate di desiderio sessuale? A leggere Nabokov e il suo bel libro, decisamente no. Il desiderio sessuale della bambina Lolita è sostituito da una abnorme e cocciuta volontà di potenza che si esprime in una petulante, insistente pratica seduttiva.

L'iniziazione comincia appena si regge in piedi: la bambina apprende che può ottenere attenzione, cure, affetto, privilegi e potere esponendo il suo giovane innocente corpo allo sguardo e alla benevolenza degli adulti maschi. Dovrà semplicemente mostrarsi sorridente, tenera, indifesa, docile, maliziosa e ambigua, bisognosa di protezione. Non sono questi i caratteri fondanti di una attestata femminilità data per naturale?

Tutto, dai giocattoli (vedi la biondissima e convenzionalissima Barbie) alla televisione, dai fumetti alla pubblicità, spingono la bambina a comportarsi secondo un'idea melensa e cinica della femminilità.

Non tutte si adeguano, bisogna dire, ci sono delle bambine che rifiutano il gioco della seduzione infantile e diventano dei «maschiacci». Ma nemmeno questo serve ad affrancarle dall'ascendenza paterna. Infatti, molto spesso i padri sono attratti fatalmente dalle figlie ribelli in cui si riconoscono e si rispecchiano, donna nell'uomo e uomo nella donna. Finiscono per trattarle come compagni di avventure, piccoli scavezzacolli adorati da guidare attraverso le asperità della vita.

Padri complici di figlie rivoltate.

La madre, in questo sodalizio, spesso rimane esclusa, considerata da ambedue troppo dimessa, troppo casalinga, troppo poco sportiva, troppo legata alle cose vili di tutti i giorni. Il padre amoroso e il «maschiaccio» andranno insieme alla conquista del mondo, fino al momento in cui lei gli preferirà una compagnia più giovane e allora saranno tragedie.

Ma prima o poi il «maschiaccio» è destinato a trasformarsi in donna. Ci sono libri e film popolari che raccontano con immagini molto convincenti la storia di questa metamorfosi come l'unica possibile per una bambina che si fa donna. L'alternativa non si dà, salvo che non si voglia prendere in considerazione la scelta ritenuta convenzionalmente «sconsiderata e suicida» dell'omosessualità.

Una delle più conosciute di queste storie di trasformazione è certamente quella di Caterina e Petrucchio della *Bisbetica domata* di Shakespeare. Che in inglese, *The Taming of the Shrew*, suona come la *«doma della impertinente»*.

Caterina è una ragazza ribelle che pretende di avere un rapporto alla pari con l'uomo da lei amato. Ma Petrucchio non la pensa come lei e la torturerà e la tiranneggerà, lasciandola senza cibo e senza acqua, senza vestiti e senza coperte, fino a renderla docile e ubbidiente.

Se esiste un desiderio delle bambine nessuno si è mai curato di dare ad esso un nome. Per le poche scrittrici del passato, le sole che avrebbero potuto raccontare questo desiderio, la sessualità era un tabù letterario. Oggi la sessualità infantile femminile è diventata un tale oggetto di commercio da tenere lontane le interessate.

D'altronde, se si parte dal presupposto che una donna è portatrice di una sessualità passiva, cosa possiamo pensare di una bambina? sarà l'assenza stessa di ogni eros, il vuoto di un corpo cavo, pronto solo a riempirsi del malcapitato e infelice desiderio altrui.

Sotto casa mia, a Roma, è stato aperto qualche anno fa un locale notturno per giovanissimi, dove ogni sera, per mia disgrazia, si fa musica fino a tardi. A qualsiasi ora si passi, dopo le sei del pomeriggio, si possono vedere ragazzi e ragazze a frotte che si accalcano davanti al portone di ferro su cui spicca una scritta luminosa.

Mi è capitato di osservarli mentre posteggiano i loro motorini alla rinfusa sul marciapiede, mentre chiacchierano fra di loro, mentre, appoggiandosi alle automobili come fossero divani, mangiano e bevono lasciando i resti sui cofani o direttamente per terra.

La cosa che mi colpisce è la monotonia della distribuzione delle parti fra questi ragazzi così giovani che in cuor nostro ci ostiniamo a vedere come portatori di nuovi valori, diversi da noi perché nuovi e proiettati verso un grande futuro tecnologico.

Intanto i vestiti: i ragazzi vestono in modo quasi identico, con camicie e pantaloni di tela americana, d'inverno un giubbotto di pelle o un cappottino striminzito sopra qualche felpa colorata. Le ragazze, seguendo i dettami della moda televisiva e pubblicitaria, indossano gonne cortissime, calze nere, scarpe col tacco alto, capelli sciolti sulle spalle, preferibilmente biondi, molto rossetto sulle labbra e occhi bistrati.

Anche il comportamento esteriore li divide in modo molto evidente e preciso: i ragazzi sono vocianti, disinvolti, anche quando sono timidi si danno coraggio con gesti rumorosi e palesi, hanno un modo di appoggiare i piedi per terra che rivela un preteso possesso del territorio, strada o marciapiede che sia.

Mentre le ragazze, su quei tacchi alti, i piedi chiusi dentro scarpine strette, avanzano in bilico su una pianta instabile, incerte nel camminare, incapaci di correre, sembrano preoccuparsi solo di rientrare in quel codice figurativo che ha come cifra la fragilità, l'instabilità, la bellezza manierata di un sogno di copertina. Nella loro giovane età sembrano inseguire in modo molto antico un ideale di bellezza che si appella maliziosamente al desiderio maschile, ma nello stesso tempo ne richiedono la protezione quasi paterna.

I ragazzi alzano spesso la voce, litigano fra di loro, si chiamano allegramente da una parte all'altra della strada mentre le ragazze ridacchiano un poco in sordina e se si chiamano, lo fanno senza mai veramente tirare fuori tutta la voce, con l'incertezza di chi sa di trasgredire una abitudine millenaria al silenzio.

A guardarle mettono tenerezza queste ragazzine che si avviano verso l'iniziazione sessuale con tanta voglia di trasgredire ma senza mettere in discussione la divisione dei ruoli, solidali fino in fondo con la visione del mondo androcentrica dei loro coetanei.

Non posso fare a meno di trepidare per la loro sorte che sento oscura e difficile. Mi ricordano tempi lontani in cui ero una ragazzina anch'io e cercavo di rammentare a me stessa con tanti ragionamenti giusti che ero un corpo indipendente e dotato di desideri propri. Ma quanta fatica ho fatto per riuscire a tirare fuori il bandolo di una sola delle tante matasse ingarbugliate che mi trovavo fra le mani.

Eppure molte di queste ragazzine, se le vedi a scuola, o all'università, sembrano completamente diverse, prese da un disinvolto progetto di emancipazione. In pantalonacci, con le scarpe da ginnastica ai piedi, i capelli legati sulla nuca, sembrano incuranti di sé e della propria bellezza.

E invece la sera, quando devono uscire con i loro ragazzi, ecco che si sentono in dovere di modellarsi su quella ragazza sessualmente esibita ed esposta al desiderio che tutti si aspettano. Senza curarsi che l'alfabeto di quel linguaggio si riveli estremamente povero e prevedibile.

Nel gioco della seduzione sparisce l'individuo e compare lo stereotipo. La cover girl, la top model: non ci sono nemmeno le parole per esprimere in italiano quell'ideale tecnologico, televisivo a cui le ragazze cercano disperatamente di adeguarsi per rendersi visibili e desiderate.

Corpo pornografico

A leggere i romanzi cosiddetti «pornografici» scritti da donne si rimane sconcertati. Il linguaggio è innovativo, ardito: nessuna donna in passato aveva mai parlato di sesso con tanta libertà. Ma cosa si racconta con questa libertà tutta nuova? la storia antica della separazione dei compiti; l'uomo che agisce, prende, fa, abusa, domina sessualmente e la donna che si fa prendere, si fa abusare e si fa dominare. Il modello di tutti i modelli sembra essere ancora quella *Histoire D'O* che ha scandalizzato tante coscienze: una donna che cerca, supplica, implora il dolore erotico come fine supremo della felicità sessuale femminile.

Qualcuno sostiene che l'emancipazione letteraria consiste nel cambiamento del punto di vista: non è più l'uomo che sogna di trafiggere col suo membro il corpo delicato di una donna ma è la donna stessa che cerca volitivamente la soddisfazione del suo desiderio di punizione e avvilimento sessuale.

Se siamo di fronte ad una conquista possiamo dire che si tratta di una debole e triste conquista, quasi un esaltato ribadire dei peggiori condizionamenti storici, ripetuti voluttuosamente all'infinito.

I luoghi della pornografia letteraria sembrano variare fra le diverse parti del corpo femminile: gambe, seni, natiche, viso, capelli, mani, bocca, eccetera. Una spartizione umiliante, qualche volta francamente grottesca.

Ma cos'è che rende una donna complice del suo tiranno sessuale? Cos'è che attira tanto un corpo di donna verso la sua degradazione erotica ed emotiva?

Mi viene in mente un libro di Judith Rossner che colpisce per la sua visione nitida e dolorosa della questione: una ragazza si ammala durante il passaggio dall'infanzia all'adolescenza e trascorre due anni fra un ospedale e l'altro, subendo torture di ogni genere: operazioni terribili, medicazioni dolorosissime. Quando guarisce dalla malattia scopre che la sua sessualità ormai si è intrisa inesorabilmente della esperienza del male fisico, per cui non riuscirà più a separare le due cose: la ricerca del piacere sarà sempre accompagnata dalla ricerca del dolore.

Ad un fidanzato amorevole, dolcissimo preferirà decisamente gli accoppiamenti brutali con uomini di passaggio, fra i quali uno, come scelto apposta, finirà per ucciderla. Il titolo del libro è *In cerca di Goodbar* e fa capire che dietro quella ricerca disperata e amara del dolore c'è una ricerca di Dio.

Che sia questa la parabola più veritiera? che sia questa la storia femminile più comune? una incapacità congenita di separare l'esperienza della degradazione da quella dell'amore, l'esperienza della sofferenza da quella del piacere?

Procedendo in questa direzione la libertà letteraria diventa solo la presa di possesso del linguaggio per dire meglio, e con più vivezza, la propria alienazione. È in questo compiacimento che dobbiamo applaudire la conquista di una pornografia al femminile?

Eppure forse non è sempre stato così. Forse in tempi lontani, lontanissimi, qualche migliaio di anni fa, il rapporto delle donne con il proprio corpo è stato meno drammatico e autodenigratorio.

Nel mondo delle culture materne si può presumere che ci siano stati corpi di donna non altrettanto condizionati alla disistima di sé. La leggenda pregreca di Eurinome per esempio ci dice qualcosa in proposito.

Eurinome era la dea dei Pelasgi e, secondo la mitologia dell'epoca, stava all'origine della vita stessa e della creazione. Si racconta che un giorno Eurinome abbia fatto uscire dal suo corpo un grande uovo in cui era contenuto il mondo intero con le sue bellezze. Ma non avendo tempo poiché il suo piede ballerino era continuamente in moto sulle onde dei venti, incaricò l'amico serpente Eufione di covare l'uovo sacro in sua vece.

Eufione lo scaldò per lunghi mesi, amorosamente. Quindi l'uovo si aprì e rivelò un meraviglioso mondo di foreste, di fiumi, di mari scintillanti e di creature volanti. Al che Eufione si gonfiò di orgoglio e andò dicendo in giro che era stato lui a creare il mondo, ed Eurinome non c'entrava per niente.

Quando la dea lo seppe, si arrabbiò. Mandò a chiamare Eufione e gli disse: «Perché menti, sapendo che il mondo è nato da me, dal mio corpo e che tu l'hai covato su mio incarico?». Ma Eufione insistette perché ormai si era convinto veramente di essere stato lui a creare il mondo, senza nessun aiuto da parte della dea.

Eurinome, a sentirlo parlare, si adirò ancora di più, gli disse che era un mentitore e un prepotente e lo spinse con un piede mandandolo a rotolare nel regno dei venti.

Questa leggenda se non altro ci ricorda che la faccenda della creazione, nella mitologia umana, è sempre stata fondamentale per la codificazione dei ruoli. Stabilire che Eva, contrariamente alle regole naturali, non aveva dato la vita ad Adamo ma, al contrario, l'aveva ricevuta da lui nascendo dal suo costato, ha avuto certamente la funzione di istituzionalizzare la diversità e il privilegio sessuale.

Un ragazzo di oggi non se lo ricorda nemmeno di essere stato creato, secondo la sua religione, prima della donna e di avere mimato mitologicamente, con la complicità divina, il parto facendo uscire dal suo fianco la donna.

Certamente non ci pensa, eppure il suo modo di camminare, di parlare, di ridere, di correre, di mangiare, di fare l'amore riflettono quella lontana primogenitura.

Qualcuno sostiene, come fa Feuerbach, che la leggenda religiosa è nata dopo che i ruoli sono stati stabiliti e che la gerarchia celeste è la semplice proiezione della gerarchia terrena. Quindi, se esiste una tradizione religiosa legata al culto delle madri vorrà dire che in tempi lontani è esistita una società in cui i valori femminili erano primari rispetto a quelli maschili.

D'altronde quasi tutte le religioni portano l'impronta di una antica gerarchia femminile che, in un certo momento della storia, è stata misteriosamente rovesciata.

La studiosa americana Lucia Chiavola Birnbaum ha scritto un libro sulle Madonne nere, rintracciando dietro il culto di oggi una antichissima adorazione di divinità ctonie. Il nero simbolizzava la terra, vicino al bianco del cielo. Anche Demetra era nera. Le Madonne cristiane hanno sostituito in tutto gli attributi delle antiche dee, salvo il colore della pelle, che infatti agli occhi dei fedeli di oggi appare come arcaica e misteriosa.

Corpo diviso, corpo doppio

Mi racconta una ex allieva di un corso di scrittura che ho tenuto a Firenze: «È venuta da noi una giornalista conosciuta, bella, a parlarci di "Linguaggio e politica". L'aspettavamo con ansia. È arrivata puntuale scendendo da una automobile scassata. Ma la nostra sorpresa è stata enorme quando abbiamo visto che portava una minigonna strepitosa che le metteva in mostra le gambe e perfino il sedere. Indossava calze nere e tacchi alti. Si è seduta di fronte a noi e ha cominciato a parlare di politica, ma noi eravamo affascinati dalle sue gambe che sembravano dirci altre cose, forse più allettanti e misteriose; fatto sta che nessuno è riuscito a seguire la sua lezione su "Linguaggio e politica"».

La giornalista in questione rappresenta con precisione una contraddizione così diffusa e così comune da non farsi più notare. Tutte siamo affascinate da quel codice linguistico che ha come centro il nostro corpo e sembra parlare da solo, con frasi semplici e comprensibili per tutti.

Dall'altra parte ci confrontiamo con il linguaggio della logica e della conoscenza, che però ha un'eco così flebile e sembra interessare poco gli ascoltatori. Qualsiasi donna ha fatto nella vita la scoraggiante esperienza della scarsa riconoscibilità della sua voce. Le orecchie maschili si distraggono prima ancora di essere raggiunte dal suono della voce femminile, prese da un moto spontaneo di incredulità e disinteresse.

Eppure a volte ci pare perfino di dominarlo tranquillamente questo linguaggio della razionalità. Ma quanto è più facile parlare col corpo. È una continua tentazione, soprattutto per le più giovani: come non attingere a quel codice che mette in moto con tanta semplicità la macchina del desiderio maschile?

Perché non usarle ambedue, si sarà detta la giovane e bella insegnante, come se lo dicono in tante; parlerò con le mie gambe e parlerò pure con la mia voce, perché distinguere? non sono io ogni volta che mi esprimo, anche se in modo diverso?

Ma non ha fatto i conti con l'incompatibilità dei due codici linguistici. Il primo, quello che prende a misura il corpo, ha decisamente più energia dell'altro, proprio perché appoggia le sue forze su duemila anni di storia e certamente comporta una antica sapienza del «dire senza dire» che appartiene al corpo femminile.

L'altro linguaggio, quello della parola e del pensiero, è una conquista recente e quindi poco familiare. Suona così fasulla, alle volte, sulle labbra femminili la logica astratta, non essendoci una tradizione di apprendimento della speculazione intellettuale per le ragazze ed essendo considerata la razionalità il luogo dell'identità maschile per eccellenza.

I due codici tendono ad annullarsi e non perché l'uno non possa accompagnarsi all'altro, ma perché l'uno esiste da troppo tempo e conosce una sua perfezione formale che l'altro pratica solo in parte e precariamente.

Inoltre il linguaggio del corpo – le donne l'hanno imparato in lunghi anni di servitù – agisce meglio nel silenzio. La sua mutezza ne garantisce la potenza.

Purtroppo quando una donna crede di giostrare con i due codici dominandoli ambedue, in realtà finisce per sacrificarne uno, il più delicato e fragile, il più recentemente acquisito alla sapienza femminile.

Corpo in vetrina

Ricordo l'impressione che ho avuto, come uno schiaffo in piena faccia, quando ho visto per la prima volta una donna esposta in vetrina in una strada di Amsterdam fra l'indifferenza generale dei passanti.

Dietro un vetro di due metri per tre, in una camera illuminata a giorno, seduta sopra una poltroncina bianca, tra due ficus e una palma nana, c'era una ragazza rotondetta dalla faccia triste e gentile. Addosso portava un vestitino trasparente che metteva in evidenza un reggipetto rosso fuoco e un paio di mutandine rosse. Le gambe nude erano calzate di rete nera e i piedi erano chiusi dentro scarpe col tacco a spillo, rosse.

Fuori, nella notte rigida di un Natale nordico,

la folla scorreva, si coagulava, si scioglieva, si disperdeva nei rivoli di un placido fiume umano.

La giovane donna al di là del vetro fingeva di leggere una rivista, ogni tanto sollevava lo sguardo sulla folla di cui probabilmente non scorgeva che qualche sagoma scura poiché le luci erano tutte rivolte contro i suoi occhi e sorrideva invitante e malinconica.

Un piccolo e finto paradiso tropicale, come se ne ricostruiscono in cartapesta nelle agenzie di viaggio, tratteneva per qualche istante lo sguardo dei passanti: facce imbacuccate, infreddolite che sostavano un momento a fissare quell'angolo surriscaldato, quella donna seminuda e poi tiravano via. Si vedevano perfino dei bambini tenuti per mano che si voltavano incuriositi alla vista di quella merce vivente e poi si lasciavano trascinare via dalla madre impaziente.

Ma cosa ci faceva quella ragazza in vetrina nel centro di una città evoluta come Amsterdam, in mezzo a persone che si considerano, a ragione, fra le più avanzate all'interno del grande progetto democratico europeo?

Ricordo una prostituta francese che mi diceva: «Il nostro è un mestiere fetido a cui non ci si abitua mai, soprattutto perché sei considerata peggio di un cane... Non lo farei mai fare a mia figlia, ma è anche un mestiere in cui si guadagna bene e velocemente purché metti a dormire il cervello».

«Perché il cervello?» le avevo chiesto pensando che forse, da addormentare sarebbe stato piuttosto il corpo, la capacità di sentire.

«Non passa tutto per il cervello? se io mi metto a pensare mentre ho un cliente nel letto divento matta, se invece penso ad altro me la cavo.» «Perché matta?» avevo insistito guardandola con tenerezza. Aveva la testa leonina, dai tratti duri e due occhi morbidi, persi.

«L'odore», mi ha risposto, «ecco, vorrei strapparmi via il naso. Perciò fumo tanto, ma per quanto riempia la stanza di fumo e di lavande profumate, l'odore mi entra dritto nelle narici. L'odore dell'intimità di uno sconosciuto è intollerabile. Segno che ho ancora i sensi e il cervello troppo svegli; dovrei addormentarli come fanno molte amiche mie che non sentono più niente, come avessero la pelle di carta.»

Anni dopo ho letto l'autobiografia di Carla Corso, una delle più intelligenti e coraggiose prostitute italiane, che ha fatto tante battaglie per il diritto alla dignità del suo mestiere. E mi ha colpito che anche lei insistesse sugli odori. I clienti, dice Carla, quando vanno da una prostituta non si sentono in dovere di radersi, di lavarsi, come farebbero con una donna che stimano. Non è che lo facciano apposta, ma non se ne curano, pensano che vada bene così; è come se pagando si liberassero di ogni dovere di apparire piacevoli. Solo gli anziani, forse per rimediare in qualche modo alle loro manchevolezze fisiche, si lavano, si radono per bene, si cambiano la biancheria prima di presentarsi alla donna che vogliono comprare e perciò, dice Carla, «io preferisco gli anziani».

Ma il piacere di un corpo in vetrina, che posto ha, che importanza ha per chi compra e per chi vende?

Il luogo comune più diffuso vuole che la donna che si prostituisce sia ossessionata dal piacere e si dedichi egoisticamente ad esso. Una mangiauomini, insomma, che non si sazia mai, una ingorda di sesso e di corpi maschili per ragioni che in fondo sono forse più erotiche che mercantili. Tanto è vera questa opinione che di una donna che ama fare l'amore si dice correntemente che è una «puttana», naturalmente intendendo offenderla.

Ma si tratta evidentemente di un equivoco perché la gioia dei sensi, l'abbandono di sé sono negati a chi vende il suo bene erotico. Spesso, quello che serve è, al contrario, una anestesia dei sensi per potere tollerare l'abbraccio e la penetrazione di un estraneo che il più delle volte ripugna. E non perché sia brutto o storto o sgradevole ma perché il contatto sessuale presuppone la ricerca di un odore amato, di una forma conosciuta verso cui si provano tensioni emotive che non possono essere imposte meccanicamente. Più una donna è dotata di sensualità e meno sarà capace di affidarsi passivamente ad una intimità che non le aggrada.

Ma l'equivoco nasce proprio dalla confusione che generalmente si fa tra chi dà il piacere e chi lo riceve, come se fosse possibile dividere i due momenti, come se l'amore, anche solo sessuale, non fosse uno scambio di grande intensità fra i due partecipanti all'incontro.

Molti pensano che le donne provino piacere nel semplice fatto di essere penetrate, proprio perché il loro è considerato un piacere recettivo e non selettivo. Inoltre molti non riescono a togliersi dalla mente che la sessualità femminile sia strettamente allacciata all'esperienza del dolore: la sofferenza della prima penetrazione che si trasforma, secondo la tradizione, in piacere iniziatico; il dolore del parto che si trasforma, secondo la mitologia della maternità, in profonda gioia dei sensi; il dolore dello stupro che diventa, sempre secondo le più viete ma anche capillarmente diffuse convinzioni collettive (la famosa *vis cara puellae*), uno sconosciuto e selvaggio consenso erotico.

Queste idee possono persino essere avvalorate dal «teatro» che ogni donna impara a fare per mostrare un piacere che spesso non c'è. Il rapporto Hite parla di una donna su tre (negli Stati Uniti) che non raggiunge l'orgasmo nel rapporto d'amore.

Ma poiché c'è tutta una letteratura a proposito e poiché la partecipazione all'orgasmo di lei fa parte dell'*ars amandi* di lui, spesso lei finge e lui si accontenta di quella recita.

Questa finzione non aiuta certo le donne a vivere con pienezza il loro eros. E la storia del passato ci racconta di un ancor più lungo calvario di finzioni e recite all'interno di matrimoni imposti dall'autorità familiare.

Il piacere del corpo femminile è sempre stato considerato poco importante, poiché non era direttamente collegato alla riproduzione. Del piacere di un uomo c'è bisogno perché nasca un figlio, del piacere della donna no. Una donna può concepire anche per un abbraccio non voluto, perfino dopo uno stupro, un uomo deve per lo meno provare una minima attrazione che gli procuri un orgasmo, anche se solo meccanico e privo di emozioni.

Ma non è soltanto questo: il piacere del corpo femminile per molte religioni e molte etiche familiari è stato per millenni un tabù, la minaccia di un disordine pericoloso da tenere a bada. Altrimenti non si spiegherebbero le coercizioni alla verginità e, peggio ancora, i due milioni di escissioni (taglio della clitoride) infantili che ancora oggi si praticano nei Paesi del Terzo Mondo ogni anno.

Per quanto riguarda le prostitute, viene apparentemente esaltato, mitizzato il loro stretto rapporto col «piacere». Ma poi scopriamo, andando a guardare le cose da vicino, che un corpo in vendita deve per forza stare ai tempi e alle esigenze di chi compra. D'altronde conservare anche un briciolo di capacità di gioire sessualmente sul lavoro non può che creare rischi e disagi a una prostituta. Il mestiere lo si fa rimanendo padrone di sé, capaci di imporre, anche di fronte al più appassionato dei clienti, la freddezza del controllo, per prevenire le nascite, le malattie e per farsi pagare.

A questo proposito voglio ricordare quel commovente film-documento girato da nove registe della televisione e mai messo in onda per un soprassalto di autocensura da parte dei dirigenti Rai. Protagonista era una coraggiosa e simpatica prostituta che si chiamava Veronique.

La cosa che colpiva erano le lunghe trattative dei clienti per tirare sul prezzo: discussioni di lunghi minuti a cui la ragazza opponeva una sua intransigenza di mestiere che veniva presa ben poco sul serio. Il più prepotente, un poliziotto, posava semplicemente la pistola sul tavolo dell'ingresso e con questo pretendeva di avere diritto ad una prestazione gratuita.

Il movimento delle donne negli anni Settanta ha tentato di dimostrare, con ragionamenti coraggiosi e risentiti, avvalendosi della partecipazione di molte prostitute politicizzate, che la prostituzione è un mestiere come un altro. La donna che commercia di sé non vende un bene come tanti altri? Non si vendono tutti i giorni il talento, l'attenzione, l'intelligenza, l'abilità intellettuale, tecnica, la forza delle braccia? perché non poter vendere la capacità di far godere un uomo?

C'era però nel discorso una contraddizione che alla lunga finiva per saltare fuori: da una parte si voleva dimostrare che vendere il sesso è come vendere qualsiasi altra merce; dall'altra si protestava contro la storica mercificazione del corpo femminile.

Da una parte si criticava la separazione tipicamente maschile fra sesso e sentimento, come una stortura e una alienazione da condannare, dall'altra si accettava la più crudele delle divisioni fra corpo e sensi attraverso la giustificazione del commercio di sé.

Come nel caso della pornografia, è sembrato che gestire in proprio una antica servitù sessuale fosse un atto di grande rivoluzione. E probabilmente, rispetto alla soggezione cieca del passato, lo era. Ma non c'è dubbio che rimaneva un ripiego, una accettazione delle antiche abitudini che tanto hanno tiranneggiato le donne nei secoli trascorsi.

D'altronde nel mestiere della prostituzione esiste da sempre un codice di comportamento che riserva uno spazio prezioso e segreto al sentimento. Per tanto tempo le venditrici di sesso hanno mantenuto vivo in sé un sentimento d'amore, anche di passione nei riguardi di un uomo che magari poi le sfruttava, ma a cui regalavano generosamente il proprio cuore. Proprio per ribadire che se una separazione fra sesso e sentimento c'è, essa ha un limite e questo limite sta nel buon senso e nella capacità d'amore di ogni donna.

Oggi le cose sono cambiate, spesso le prostitute rifiutano il protettore e si gestiscono in proprio con abilità imprenditoriale. I nemici non sono più la malavita e lo sfruttamento collettivo (per quanto in molte zone depresse lo siano ancora) ma la concorrenza delle tossicodipendenti che si vendono per poche lire e senza protezione e l'immissione sul mercato dei «viados» latinoamericani che con le loro offerte di ambiguità sessuale portano via i clienti alle donne.

Rimane il fatto che vendere il corpo come merce, anche se volontariamente e provocatoriamente, con intelligenza e ironia, non cambia la brutalità della scelta. Che le donne si siano accontentate di dirigere la propria vendita anziché subirla, fa capire a che punto di disperazione si sia arrivati.

Certamente è stato molto importante per il femminismo teorizzare la liceità della prostituzione; contro ogni divisione antica fra donne «buone» da proteggere e donne «cattive» da punire; contro la demonizzazione delle «reprobe» mantenute in vetrina per dimostrare con che facilità si possa passare dallo stato di «buone» a quello di «cattive» pagandone le amare conseguenze.

Ma a questo punto viene fatto di chiederci: veramente ci dobbiamo accontentare della normalizzazione del male? Non potremmo volere qualcosa di più ambizioso che riguardi i desideri più profondi del corpo femminile tornando ad elaborare un eros dalla capacità mitopoietica non imposta da altri, dal linguaggio carnale elaborato in proprio?

Corpo violato

Sono uscita una sera con un uomo che credevo amico. Abbiamo cenato insieme chiacchierando festosamente; abbiamo poi passeggiato per i Lungotevere spinti da curiosità, allegria e una tenerezza nascente.

Quando mi ha riaccompagnata a casa, mi ha chiesto di salire per fare l'amore. Gli ho detto che non me la sentivo e lui mi è saltato addosso brutalmente trasformandosi da amico in nemico nello spazio di pochi secondi.

Non mi aspettavo un tale assalto ed ero svantaggiata dalla sorpresa, eppure mi dibattevo disperatamente perché non volevo subire un abbraccio non deciso anche da me. Ho sentito il suo fiato farsi aspro sul collo, ho capito che voleva farmi male, voleva umiliarmi per quel mio rifiuto che lui considerava offensivo. Ma come spiegargli che un invito a cena, una chiacchierata notturna non significano automaticamente il consenso al coito?

Mi ha salvata, credo, il fatto che eravamo in macchina e sono riuscita ad aprire lo sportello buttandomi sul marciapiede. Coi vestiti in disordine e senza fiato, mi sono infilata di corsa nel portone prima che lui mi raggiungesse. La sera stessa mi è spuntato un enorme foruncolo sul braccio, lì dove lui mi aveva stretta con le dita ad artiglio ed ho avuto la febbre per tre giorni. Il foruncolo ho dovuto farlo incidere perché da solo non si apriva e nel momento del taglio ho avuto l'impressione che assieme con l'umore velenoso se ne andasse anche qualcosa di quella brutta esperienza.

Ma cos'è che spinge un uomo a comportarsi da predatore anziché da amico e complice? cos'è che provoca questo squilibrio, così frequente, fra i desideri di una ragazza e le voglie di un uomo?

E la ragazza rifiuta l'amore sessuale solo perché vittima di un pregiudizio antico o perché soffre meno di improvvisi e divoranti appetiti sessuali? E perché un uomo, al no di lei si sente truffato, imbrogliato nelle sue attese ed ha solo voglia di «fargliela pagare»?

Cosa volevo io da quell'uomo? tenerezza, affetto, compagnia e poi, forse, in un secondo tempo, quando ci fossimo conosciuti meglio, anche l'amore sessuale. Ma lui aveva fretta, voleva concludere;

pensava che la cena e la chiacchierata sui Lungotevere fossero una premessa sufficiente per pretendere la festa finale dei sensi.

Quello che per me era un sincero inizio di conoscenza, per lui era semplicemente una dilazione inutile. «Mi hai illuso, mi hai provocato e ora ti tiri indietro, allora io ti prendo con la forza», questo era il suo atteggiamento punitivo.

Ma io non intendevo affatto truffarlo. Solo che i nostri tempi erano diversi: per me l'amore avrebbe portato al sesso, per lui il sesso avrebbe portato all'amore. La fretta per me era sinonimo di angoscia, per lui al contrario l'attesa era fonte di frustrazione e di odio.

È così che nascono gli equivoci fra uomo e donna? Sono forse i tempi sessuali che non coincidono? E non coincidono per ragioni di educazione diversa o per ragioni naturali? E che dire di quelle donne che imitano i tempi maschili e fanno l'amore con disinvoltura al primo incontro? sono forse più donne delle altre? sono più sessuate? ovvero più naturali e meno inibite? o magari invece in qualche modo stanno tradendo una antica cultura femminile che dà la precedenza all'amore sul sesso?

Non è poi così importante sapere se questa precedenza sia il prodotto di una storia di coercizione e di servitù sessuale piuttosto che un dato cromosomico. Comunque sia, anche se si trattasse di un puro condizionamento storico, non ci si libera di una tradizione decidendo di punto in bianco di fare il contrario.

Troppe volte si ha l'impressione che l'affrettarsi dei tempi dell'amore sessuale femminile non corrisponda ad una scelta vitale e positiva, ma sia un adeguamento a regole e tempi non propri. Troppe volte si ha l'impressione che le donne dalla sessualità esposta, disinvolta, stiano agendo contro se stesse, in una specie di furore distruttivo che le renderà ancora più nemiche di se stesse e delle altre donne. Troppe volte si ha l'impressione che le donne accettino, come scotto dell'innovazione di costume, come principio di libertà, qualcosa che assomiglia più ad uno stupro che ad un vero consenziente piacere.

Lo stupro è certamente un oggetto misterioso nella storia dei sessi. Si può raccontarlo ma non spiegarlo. Di sicuro non nasce dalla natura – gli animali infatti non stuprano – né dal desiderio sessuale, che conosce ben altre strade più umane, ma dalla volontà di imporre la propria supremazia.

Lo stupro è sempre servito per terrorizzare e umiliare il nemico in guerra. Violare, forzare col pene o con qualsiasi altro strumento la parte più segreta, più intima e vulnerabile della donna, lì dove prende il piacere e dà la vita, è un modo di ferirla nel profondo, lasciando cicatrici che pur essendo invisibili rimangono indelebili e dolorose.

Una delle più comuni conseguenze dello stupro

è uno stato di incertezza, di paura, di disgusto che nella maggior parte dei casi si sfoga in un incontrollabile odio di sé e in un sentimento di colpa senza requie.

Queste cose le hanno sempre sapute istintivamente quei popoli che hanno usato l'arma dello stupro per soggiogare e mortificare un altro popolo. Lo si continua a fare nella ripetizione di una antica sapienza guerresca, e con l'ausilio di nuove tecnologie.

Ancora oggi, anche lì dove non ci sono guerre, lo stupro è usato come arma di terrore e di minaccia. Se c'è una cosa che appartiene culturalmente e storicamente al sesso maschile è proprio lo stupro. Alle donne non è dato stuprare, e non soltanto perché sprovviste dell'arma di offesa, ma perché non appartiene alla cultura femminile il concetto di umiliazione dell'altro attraverso il sesso usato come arma.

Mi viene in mente un romanzo provocatorio di Gore Vidal che si chiama *Myra Breckinridge*. Nel libro, Myra è una donna che è stata uomo e vuole fare provare ai maschi l'orrore dell'abuso. Perciò si traveste da dottore e costringe i pazienti a sottostare alle sue manipolazioni mediche forzandoli in pose grottesche e degradanti. Ma appunto, si tratta di una recita complicata; la donna in questione approfitta dell'inganno di un travestimento per mimare lo stupro.

Le cronache di questi ultimi anni sono comunque allarmanti: gli stupri sembrano aumentare ovunque, sia in famiglia che fuori, tanto che si discute nei Parlamenti sulla possibilità (in alcuni Paesi già resa legale) di estendere la denuncia per stupro anche agli abusi tra le pareti domestiche. Ricordiamo che fino a pochi anni fa una sessualità violenta era considerata lecita all'interno dei rapporti fra marito e moglie: la sverginazione della prima notte di nozze cos'era se non uno stupro legittimo e declamato?

La cosa grave è che gli strumenti di emancipazione culturale quali dovrebbero essere il cinema, la televisione, i rotocalchi, anziché aiutare a risolvere questo dramma sembra che facciano di tutto per ribadire la divisione, l'abuso e la mercificazione sessuale.

È inutile fare le prediche sulla «sacralità» del corpo umano quando poi si utilizza il corpo femminile come privo di valori propri, esponendolo con sempre maggiore disinvoltura al più codificato e prevedibile e convenzionale desiderio maschile. Non ci vuole molto per rendersi conto che in fondo ai pensieri e all'immaginazione erotica di questo nostro mondo che si pretende nuovo e avanzato lo stupro rimane ancora come arma di punizione, di normalizzazione, di dominio di un sesso sull'altro.

CORPO FELICE

Cos'è che rende un corpo felice? mi chiedo e mi stupisco di non saperlo io stessa. È talmente confusa la nozione di felicità, a stento si sa che esiste.

Un corpo è felice quando ama o quando è amato? quando si sente in armonia con le cose intorno o quando si trova in opposizione con il mondo e si sforza di conquistarlo? Ed esiste una felicità per il corpo maschile diversa da quella a cui aspira un corpo femminile?

È vero che il corpo femminile trova la sua felicità nell'abbandonarsi alla passività erotica e sentimentale, nella resa segreta e totale all'altro, sia figlio, sia amante?

A sentire Freud è proprio così. Non è stato lui a scrivere, con quella sua prosa armoniosa e scintillante, che il piacere del corpo femminile adulto deve rintracciarsi nella sua passività vaginale contro l'infantile attività clitoridea? non è la sua una esaltazione della felicità di adeguamento e di capitolazione alla sessualità altrui?

Eppure il rapporto del corpo femminile con la felicità, attiva o passiva che sia, sembra ben lontano non dico da una gioiosa compiutezza, ma perfino da una moderata serenità. Basta dare uno sguardo anche distratto alle statistiche sulla depressione e sulla presenza delle donne negli ospedali psichiatrici.

Una immagine che mi sale alla memoria è quella di un quadro di Frida Kahlo: una donna dalla giovane e bella testa chiusa in una specie di gabbia metallica che le stringe la fronte, il naso, la bocca con strisce di metallo, lasciandole scoperti solo gli occhi grandi, neri e dolenti. La donna indossa un vestito colorato, dalle gale gialle e rosa e c'è qualcosa in quel vestito spumeggiante che contraddice il messaggio di orrore dipinto in quella testa ingabbiata. Nonostante la tortura di quel ferro, la donna che noi vediamo sul quadro ci propone un progetto di bellezza e sensualità. È questo che colpisce: la contraddizione fra la costrizione, il tormento, la prigionia di quel corpo e la sua capacità di agghindarsi, provare amore e aspettative.

I quadri di Frida Kahlo sono diventati popolari in tutto il mondo proprio per questa capacità straordinaria di rappresentare la doppiezza tipicamente femminile, tutta storica, di stare fra il dolore e il piacere, di sopportare il male e progettare la gioia.

Le donne sanno che, al di là di una terribile storia personale di malattie e operazioni, Frida Kahlo ha dipinto simbolicamente la storia straziata di tanti corpi femminili che, pur nel disastro della ingabbiatura, continuano a cercare una piccola porzione di felicità carnale.

D'altronde, se andiamo a spulciare nella scrittura femminile, oltre che nella pittura, lì dove si rappresenta il corpo sessuato femminile si raccontano soprattutto storie di divisioni e di rinunce.

Una sola scrittrice mi viene in mente che ha raccontato del corpo felice delle donne, e parlo di Jane Austen. Ma i suoi corpi femminili non conoscono il sesso. Nel momento in cui dovrebbero farne conoscenza escono dalle pagine del libro. La sua è una felicità che precede l'iniziazione sessuale, si ferma con puntigliosa certezza un momento prima che avvenga il disastro.

Altrimenti, a cominciare dai personaggi mitologici come Medea, Fedra, Clitemnestra, i corpi che incontriamo sono destinati alla soppressione brutale o per avere cercato una breve e sconsiderata felicità come Fedra, o per essersi ribellate al tradimento come Medea, o per avere voluto ribadire i propri diritti alla pietà come Antigone.

Per non parlare di personaggi letterari come Madame Bovary, Anna Karenina, Effi Briest, uccisi sadicamente dai loro autori per dimostrare quanto può essere pericolosa la ricerca di una felicità carnale in un mondo che venera il corpo femminile muto e vergine, lasciando nell'inferno chi pratica col sesso.

Questo farebbe pensare che è la sessualità e solo la sessualità che si mette in mezzo fra il corpo femminile e ogni progetto di felicità. Ma allora? Che abbiano ragione coloro che propongono come unica gioia la liberazione dal sesso, la castità, la solitudine dei sensi? Saremmo insomma a vagheggiare, ancora una volta, una felicità femminile che è basata sulla rinuncia?

Forse la sola cosa che si può dire è che, in questo momento storico, il corpo femminile ha tutto da perdere nel sessualizzarsi, poiché sull'eros e sulla sua organizzazione sociale si è concentrata tutta la macchina espressiva e repressiva dei padri.

E i progetti di corpo felice? sono solo da accantonare? È difficile dirlo. Ma sapere che il corpo sessuato è il luogo della privazione storica e del malessere sociale forse è l'inizio di quel bene che tanto ci sta a cuore.

Indice

Finito di stampare nel mese di febbraio 1996
presso lo stabilimento Allestimenti Grafici Sud
Via Cancelliera 46, Ariccia RM

Printed in Italy